AF314439

LES VIOLONS

DE M. MARRAST

PAR

JULES GOUACHE

PARIS

1848

ENVOI AU CITOYEN ARMAND MARRAST.

—•—

Citoyen,

J'ai cru utile de vous mettre sous les yeux les pages qui suivent : elles sont écrites, en grande partie, par votre plume mordante et acérée. Elles vous rappellent au passé et à la pudeur : elles sont votre condamnation.

Comparez hier et aujourd'hui; mais si vous ne prononcez pas de jugement, c'est le peuple qui se fera votre juge.

Salut.

Jules GOUACHE.

Paris, 25 octobre 1848.

INTRODUCTION.

Deux mois, jour pour jour, avant la révolution de février 1848, le citoyen Armand Marrast eut un mauvais réveil ; en jetant les yeux sur un journal, il lut à son adresse les lignes suivantes :

« Nous devons un avertissement au rédacteur en chef » du *National*. Qu'il ne reprenne plus, avec nous, ces » airs de lion édenté qui peuvent être de mise dans le » boudoir de M. de Maleville, mais qui sont souveraine- » ment déplacés quand on s'adresse à des hommes que » l'on est tenu, quoi qu'on en aie, d'estimer et de res- » pecter. »

Le trait, bien aiguisé, il en faut convenir, porta coup : et cependant, si l'écrivain avait suivi sa première inspiration et écrit les lignes qu'il avait dictées d'abord, nous aurions eu à entendre d'autres rugissements de la part de ce *lion édenté*, comme l'appelait si finement le rédacteur de la *Réforme*.

Si nous avons rappelé ces quelques lignes, c'est qu'elles donnent l'explication nette, précise et vraie de toute la conduite politique de M. Armand Marrast, avant et depuis les journées de février. M. Armand Marrast avait, dès cette époque (25 décembre 1847), donné des gages sérieux à la coterie de M. Thiers, désertant peu à peu les principes du radicalisme bourgeois, reculant jusqu'à M. Barrot, et tombant enfin dans l'intrigue du tiers-parti et de l'alliance dynastico-doctrinaire représentée dans l'ex-chambre par MM. Léon de Maleville et Duvergier de Hauranne, les séides et fidèles aides-de-camp de M. Thiers. C'était un spectacle assez étrange, pour les démocrates et les républicains, de voir l'ancien prévenu de 1834, l'ex-condamné à mort, donner publiquement des louanges à cet *inimitable* orateur de la branche cadette, inventeur des bastilles et des lois de septembre, bourreau des idées généreuses de liberté et de nationalité, pour qu'il dût y avoir une raison intime à leur dévoiler. Le secret du boudoir de M. Léon de Maleville, la part active prise à son récent mariage par le rédacteur en chef du *National*, et par suite le mobile d'une alliance parlementaire entre le centre droit et le centre gauche, dans laquelle trempait l'extrême gauche radicale, pour le renversement d'un ministère et son remplacement par les intrigants de l'ancienne coalition, tout cela était révélé, en deux mots, par le rédacteur en chef de la *Réforme*.

C'était un marché, c'était une concession odieuse faite à des intrigues sans principe, et si le succès avait consacré cette conduite hypocrite, il aurait fallu désespérer à jamais de l'avenir des idées démocratiques.

La guerre était déclarée entre l'absolutisme et la démocratie : les banquets étaient le prétexte de l'agitation, car au fond de ces questions de toasts plus ou moins monarchiques et royalistes, c'était l'idée de suffrage universel, de république, qui dominait. Les querelles de mots devenaient d'autant plus importantes, d'autant plus sérieuses, que leur signification était plus nettement définie. Ainsi, quand dans une réunion préparatoire le toast à la souveraineté du penple obtenait sur le toast à la souveraineté nationale l'honneur d'être porté, c'est que l'élément révolutionnaire, républicain, l'avait emporté sur l'élément monarchique, royaliste.

La révolution était donc bien mûre dans l'esprit du peuple.

On s'en vient encore aujourd'hui répéter que si la république avait été soumise à l'acceptation du suffrage universel, elle eût été repoussée ! On invoque, à cette occasion, l'assertion du *National !*

Sans doute, le rédacteur en chef du *National* n'oserait pas affirmer que les idées démocratiques eussent été accueillies par la majorité du peuple, car ce serait la condamnation absolue de la polémique soutenue par lui contre les rédacteurs de la *Réforme;* mais sans prendre pour exemple la glorieuse unanimité de Paris au 24 février, n'y avait-il donc pas un symptôme énergique dans les trois grandes manifestations de Lille, de Châlon, de Dijon ? A-t-on oublié avec quelles acclamations furent accueillies les doctrines des banquets de Toulouse et de Limoges ? Ce n'était pas à Paris que le drapeau de la République avait été arboré. Pourquoi donc se défier de la province ? Est-ce que les idées généreuses ne trouveraient pas d'écho dans le cœur de ces courageux soldats de la démocratie, attelés à la charrue ou rivés au métier ?

Le *National,* dans sa polémique, antérieure aux journées de février, s'était trompé dans son opinion sur Paris, sur la France : vivement et victorieusement combattu par les soldats de la presse démocratique, qui bravaient les cachots et la misère en bravant les lois de septembre, il vit son influence étouffée sous les barricades de février, dont il avait abandonné, à l'avance, les défenseurs à la vengeance des Bugeaud et des Hébert ; mais, fort de la générosité de ses anciens amis, de ses adversaires qui consentirent à défendre dans l'esprit de la population ouvrière de Paris un Gouvernement Provisoire, formé par l'union des deux éléments de la vieille armée républicaine, il en profita pour faire jouer des ressorts qu'il connaissait depuis longtemps, et pour regagner dans les coulisses et par l'intrigue tout le terrain qu'il avait perdu.

C'est ici surtout que le génie tracassier, habile et astucieux de son rédacteur en chef déploya toutes ses finesses, toutes ses roueries. Enrôlé désormais sous la bannière de la bourgeoisie, de cette bourgeoisie qu'il avait si souvent et si cruellement flagellée, il déclara une guerre acharnée à la démocratie et aux hommes qui la représentaient.

Partout on voit ses efforts ; partout les entraves mises à l'expression de la pensée populaire et à la consolidation de la République démocratique et sociale viennent de lui ou de ses amis. Les hommes qui l'approchaient avant février sont ses élus et ses soutiens, et les calomnies intéressées semblent forgées autour de lui, si ce n'est par lui-même. Heureusement, le peuple n'est pas ingrat. La haine de M. Marrast porte ses fruits : il semble que chacune de ses victimes est par cela même, à cause de la persécution qui les atteint ou les menace, désignée à l'amour du peuple.

M. Marrast a beau enrégimenter, avec MM. Marie, Buchez et Recurt, les soixante mille ouvriers des ateliers nationaux ; il a beau confectionner, *aux frais du pays*, un million de listes dont il a soin d'exclure les noms de Louis Blanc, Albert, Ledru Rollin, Caussidière et Flocon ; le bon sens de la majorité des électeurs lutte avec succès contre cette redoutable concurrence, et Caussidière, Albert, Ledru Rollin, Flocon et Louis Blanc sortent victorieux de la bataille électorale.

Plus tard, M. Marrast emploie la calomnie contre Louis Blanc ; il l'avait vu, disait-il, à l'Hôtel-de-ville le 15 mai : il est forcé de venir balbutier honteusement un démenti public à la calomnie qu'il avait lui-même mise en œuvre.

Partout et toujours, c'est la même fausseté, la même hypocrisie.

Et l'ancien rédacteur en chef du *National*, qui vise aux plus hautes fonctions, qui ambitionne le plus glorieux avenir, qui semble faire parade d'un courage trop problématique, disparaît aux jours de danger !

Les journées de février le cachent à tous les regards.

Depuis le 21 février, jour où chez M. Odilon Barrot il refusait de se rendre au banquet fameux que la lâcheté des députés rendit impossible, jusqu'au 24 février, après la victoire du peuple, il est invisible.

La journée du 15 mai arrive : le maire de Paris n'est pas à son poste, et quand Rey défend l'Hôtel-de-ville contre la foule qui se rue sur lui, et quand Barbès y pénètre porté par le peuple, M. Marrast est absent ; ce n'est qu'après l'arrivée de nombreux renforts que M. Marrast, retenu dans certains lieux par certain be-

soin...... pressant, apparaît protégé par la garde nationale, par Ledru Rollin, par Lamartine!

Et aux journées de juin ?.....·

Le général Duvivier est mort, emportant dans la tombe
de curieux secrets, sur lesquels ne nous édifiera jamais
la franchise de l'ancien rédacteur en chef du *National*.

Faut-il nous étonner maintenant si M. Marrast, si l'ancien rédacteur en chef du *National*, a obtenu pour la
présidence de l'Assemblée nationale les voix de M. Thiers
et de M. Falloux, de M. Odilon Barrot et de M. Duvergier de Hauranne?

Finissons donc cette introduction en rappelant à
M. Marrast, avant qu'il soit jugé par lui-même, la leçon
énergique que lui donna un jour le rédacteur en chef
de la *Réforme* :

« Qu'il ne reprenne plus, avec nous, ces airs de lion
» édenté qui peuvent être de mise dans le boudoir de
» M. de Malleville, mais qui sont souverainement dé-
» placés quand on s'adresse à des hommes que l'on est
» tenu, quoi qu'on en aie, d'estimer et de respecter. »

AVANT OU APRÈS.

Un écrivain de talent, aussi remarquable par l'éclat du style que par la vivacité de l'idée, sans rival dans la polémique, sans maître dans la discussion personnelle, mais oubliant trop souvent le principe qui dirige une pensée consciencieuse et indépendante pour lui sacrifier la forme et la plaisanterie mordante et acérée, se fit l'apôtre et l'avocat d'une cause qui ne demandait à ses défenseurs que du dévouement et des convictions. L'abnégation était alors la première vertu du républicain, et les hommes les plus dévoués à ces idées d'avenir furent précisément ceux qui déployèrent dans la lutte le plus d'intelligence, de persévérance et de désintéressement.

La lutte fut longue, trop longue pour l'ancien rédacteur en chef de *la Tribune :* un mobile puissant le détourna de la ligne droite. L'héritage d'Armand Carrel lui fut dévolu, et lorsqu'il se fit l'expression de la bourgeoisie libérale, Godefroy Cavaignac prit en main et déploya, élevé au-dessus des rivalités et des jalousies, le drapeau de la démocratie dans *le Journal du Peuple* et dans *la Réforme.*

Quand on fait un premier pas dans la voie des concessions, c'est qu'on perd de vue les principes, et alors chaque pas en avant fait dévier de la route et entraîne vers l'erreur.

C'est ce qui arriva pour M. Marrast.

Les idées libérales du *National* s'obscurcirent : le journal qui hésitait à défendre les initiateurs du passé pour ne pas effrayer ses lecteurs privilégiés, qui ne se doutait pas même du travail social qui s'élaborait si profondément au sein des masses, abandonna peu à peu, grâce à son rédacteur en chef, la ligne politique suivie par Armand Carrel lui-même. Chaque acte de ce journal fut une défection, et depuis 1840 jusqu'à 1848, *le National*, dans ses colonnes, accepta l'alliance avec des hommes et les principes monarchiques de 1830. Il était loin de la République en février.

Le chemin avait été rapide.

Dans les premiers jours l'enthousiasme embrasait tous les cœurs, et le parti républicain, généreux mais faible après la victoire, oublia dans M. Marrast le passé de la défection pour ne se rappeler que le passé du combat.

Aujourd'hui, puisque M. Armand Marrast, ébloui par le succès, ne se souvient lui que de ses amis de la monarchie, nous devons rappeler à la bourgeoisie, à l'aristocratie de richesse et de banque, aux agioteurs et aux courtiers juifs et lombards les titres du président de l'Assemblée nationale à leur dévouement et à leur appui. Il y aura dans les lignes que nous citerons des sentiments si nobles, que nous nous inclinerons devant l'écrivain qui a su les revêtir d'aussi brillantes expressions, et nous demanderons pardon à M. Armand Marrast d'aujourd'hui de lui rappeler M. Armand Marrast d'autrefois.

Il y a certains souvenirs que certaines gens regardent comme des injures.

I

La liberté de la presse.

M. Armand Marrast est aujourd'hui l'un des ennemis les plus acharnés de la liberté de la presse ; les mesures les plus rigoureuses ont trouvé dans le président de l'Assemblée nationale et dans l'ancien journaliste un complice et un défenseur.

Pourquoi donc M. Armand Marrast, lors de la proposition des lois répressives ou préventives, n'a-t-il pas lu les lignes suivantes :

« La plus belle mission de l'avenir, c'est de créer des
» institutions qui ne permettent jamais à des résistances
» de naître ou de se fortifier. La plus belle fonction de
» la presse, c'est de préparer par la discussion l'éta-
» blissement de ces institutions. *La presse révolution-*
» *naire n'est donc pas un instrument de désordre,* mais un
» *moyen d'organisation. C'est pourquoi elle a été proscrite,*
» *persécutée dans tous les temps où l'on a vu régner le mo-*
» *nopole et les priviléges, ferments éternels de troubles et de*
» *divisions, obstacles invincibles à tout ordre* QUI N'A PAS
» POUR APPUI LES BAÏONNETTES. » (1)

M. Armand Marrast croit-il que la Constitution votée et discutée sous l'empire de l'état de siége ne rendait

(1) PARIS RÉVOLUTIONNAIRE. *La Presse révolutionnaire,* par Armand Marrast. Paris, 1848, chez Pagnerre, éditeur. — Page 312.

pas nécessaire la liberté de cette presse révolutionnaire, dont la plus belle fonction, comme il le dit si bien, est de préparer par la discussion l'établissement d'institutions qui ne permettent jamais à des résistances de naître et de se fortifier?

Ne faudrait-il pas que la révolution nouvelle, comme l'écrivit encore M. Marrast, «pour s'organiser pacifique
» ment, s'éloignât dans son gouvernement de ces voies
» honteuses dans lesquelles se sont traînés l'un après
» l'autre tous les pouvoirs?

» Voyez en effet, ajoute M. Marrast, si tous n'ont pas
» eu ce caractère, *de faire prédominer les faits sur les*
» *idées, et les intérêts sur la conscience !* SUCCÈS ET PROFIT !
» telle est la loi morale à laquelle ils ont demandé la
» direction des états. *Tout ce que la victoire a couronné a*
» *été trouvé légitime!...* » (1)

Eh bien, M. Marrast osera-t-il dire que l'état de siége qui supprime la liberté de la presse a été trouvé légitime, est légitime, parce que la victoire l'a couronné? Et si aujourd'hui la liberté de la presse fut supprimée, parce que l'ordre actuel *avait pour appui les baïonnettes,* quel est donc ce gouvernement dont il se fit le soutien le plus puissant et le plus dévoué ?

Maintenant, si vous voulez savoir ce que M. Marrast entend par ces mots : *faire prédominer les faits sur les idées, et les intérêts sur la conscience,* voici en quels termes il développe sa pensée (2) :

« Faire dominer les idées par les faits, *c'est soumettre*
» *l'intelligence à la brutalité;* c'est abjurer la puissance

(1) PARIS RÉVOLUTIONNAIRE. — Pages 319-320.
(2) PARIS RÉVOLUTIONNAIRE. — Pages 320-321.

» humaine en présence d'une fatalité grossière ; c'est
» donner la suprématie à la force aveugle sur les actes
» libres de la volonté ; *c'est méconnaître l'humanité, qui,*
» VAINCUE QUELQUEFOIS, *ou plutôt surprise,* a cependant
» en partage le règne absolu de la matière, et finit tou-
» jours par lui imposer sa propre utilité. »

Comment, après ces derniers mots, M. Armand Marrast ose-t-il applaudir à la suppression du journal de Proudhon ? Continuons :

« Faire dominer la conscience par les intérêts, c'est
» *donner carrière à tout égoïsme,* c'est prendre de
» l'homme la partie la plus vile, et lui soumettre les
» plus nobles facultés ; c'est concentrer la vie humaine
» dans ses appétits, son instinct matériel, ses jouis-
» sances charnelles ; c'est rendre impossible toute ab-
» négation, tout sacrifice !... Des deux côtés, C'EST
» CORROMPRE, C'EST ABRUTIR ! »

Oh ! citoyen Marrast, jamais écrivain révolution-naire, socialiste, communiste, babouviste, etc., n'au-rait voulu répéter ce que vous disiez, vous, président de notre Assemblée nationale, et surtout ajouter cette conclusion :

« *Tel est le résumé de l'action gouvernementale depuis*
» *trente ans !* »

Comparez donc, citoyen président, le langage de la presse suspendue à celui que vous tenez vous-même !

La liberté de la presse est une belle chose, même sans l'état de siége.

Nous aurions, si nous l'avions voulu, de bien autres citations à faire, et il nous suffirait, pour cela, de prendre toute la collection du *National,* dont le citoyen Armand Marrast était le rédacteur en chef ; nous pourrions comparer les lois de septembre de 1835 aux nouvelles lois de la presse sous la république, et l'enseignement ne serait pas moins puissant; mais le cadre restreint auquel nous nous sommes borné, ne nous permet pas d'entrer dans ces développements.

Un jour, M. Armand Marrast pourra lire son histoire écrite par lui-même.

II

Éloge de Marat.

M. Armand Marrast, président de l'Assemblée nationale, laisse injurier les hommes de la république de 1793; nous ne voulons que montrer aux bourgeois et aux royalistes qui l'ont choisi et honoré de leur vote pour la présidence en quels termes M. Marrast parle de cet homme, qu'ils dépeignent comme un tigre, de Marat, la malheureuse victime du fanatisme de Charlotte Corday.

« Et qu'on n'aille pas croire à tous ces lieux com- » muns qui présentaient Marat comme un anthropo- » phage au teint cuivré, à l'œil hagard, plus digne » d'habiter une caverne qu'une société civilisée.

» Déclamations puériles! Marat n'était ni un igno- » rant ni un insensé. Des travaux sérieux et d'une » fort grande importance avaient précédé sa carrière » politique; comme médecin, il avait été témoin de » toutes les souffrances qu'entraîne après elle la mi- » sère; et il avait toujours vu *la misère compagne insépa- » rable du travail.*

» *Le sentiment de cette injustice* l'avait possédé tout
» entier. *Ce fut donc à la multitude laborieuse qu'il voua*
» *sa vie ;* et aussitôt que la liberté lui donna l'espérance
» de réformer ces abus, il se jeta dans ces voies nou-
» velles avec un élan que les résistances rendirent plus
» impétueux.

» *Il se fit le prêtre de la foule ;* et dans ce sacerdoce
» comme dans l'autre, le fanatisme pousse souvent hors
» de la borne de l'équité.

» On est d'autant plus cruel qu'on a plus de foi. On
» agit pour le peuple avec la même sécurité que pour
» Dieu. Derrière ces deux majestés toute-puissantes, il
» semble que le zèle même coupable a toujours le droit
» d'inviolabilité. *On n'a jamais peur d'aller trop loin,*
» *parce que la ligne est droite ; on ne craint jamais de trop*
» *faire, parce qu'on est convaincu qu'on ne peut faire*
» *mal.*

» Erreur fatale, qui a immolé tant de victimes,
» dressé tant de bûchers, et fait tant de sacrifices hu-
» mains sur les deux autels qui devaient toujours être
» les plus purs : celui du peuple et celui de Dieu.

» Du reste, il est facile de raisonner paisiblement
» quand autour de soi tout est tranquille.

» Dans le passage régulier et monotone des jours et
» des nuits, on ne se souvient guère des tempêtes qui
» ont bouleversé les éléments ; mais *quand tout craque*
» *à la fois dans une société, et qu'il faut précipiter les rui-*
» *nes pour n'en être pas écrasé soi-même, du milieu des*
» *ténèbres et de la confusion d'une telle crise, n'est-ce donc*
» *rien que de rester ferme, inébranlable dans ses convic-*
» *tions, alors même qu'elles ouvrent pour vous le tombeau,*

» *et pour votre nom un abîme dont l'histoire ne pourra vous*
» *tirer que taché de sang ?*

» C'est là toute la destinée des hommes révolution-
» naires. Et ils l'ont proclamé eux-mêmes, et ils ont
» dit : Il n'y a de sommeil qu'au milieu des vers du
» sépulcre ; et ils ont dit que même le sépulcre ne se-
» rait pas la paix pour eux, que leurs cendres seraient
» jetées au vent, qu'on raserait leurs maisons et qu'on
» y sèmerait du sel comme sur les terres maudites ;
» ils ont deviné que toute une génération serait impré-
» gnée des mêmes préjugés, répéterait les mêmes im-
» précations, qu'elle livrerait à ses enfants les tradi-
» tions de sa haine et qu'un demi-siècle ne suffirait pas
» à briser ce *testament d'ingratitude.*

» Ils l'ont vu et ils ont dit : « Marchons !... » bravant
» ainsi tous les périls à la seule voix de leur con-
» science.

» *Amour de l'humanité ! jusqu'où pouvez-vous donc*
» *pousser la puissance de l'abnégation personnelle !* (1) »

Qui donc a jamais montré plus d'éloquence dans l'a-
pologie de Marat, *l'homme du sang*, selon les royalistes
de tous les temps, *l'ami du peuple*, selon ceux qui le
comprennent ? Merci, citoyen Armand Marrast, mille
fois merci de cette réhabilitation. De Robespierre à
Marat, il y avait un abîme, vous avez su le franchir ;
encore une fois merci !

Mais que dira la bourgeoisie ?... que diront les cote-
ries, dont vous vous êtes fait l'âme depuis février ?

« Aucun, avez-vous écrit encore, ne fut comme Ma-
» rat présent à chaque combat, solidaire de tous les

____

(1) Paris Révolutionnaire. — Pages 352, 353, 354 et 355.

» coups portés, aucun ne vit plus froidement saigner
» les blessures, *ancun n'eut tant d'excuses pour TOUS les*
» *emportements :* aussi longtemps qu'il a vécu, il est
» resté sur le champ de bataille, toujours attentif, tou-
» jours défiant, faisant vibrer sa parole âpre, heurtée,
» retentissante, mais d'un effet bien moins semblable à
» celui de la lave qui tonne, qu'au bruit effrayant et
» sourd de l'acier qui tombe (1). »

Jamais la bourgeoisie ne pardonnera la vérité de ce portrait : il est si cruel d'entendre dire d'un ennemi acharné, qu'il était juste, clément et convaincu !

III

Légitimation des insurrections de Juin.

Ici nous éprouvons un embarras.

Il est cruel d'avoir à appeler sur un homme la haine de tous ses concitoyens. Les vaincus de juin sont punis assez cruellement pour que M. Marrast sache quel est le jugement qu'ils prononcent contre lui : mais les vainqueurs ?....

Le général Duvivier, disions-nous en commençant, pourrait ou aurait pu révéler d'étranges secrets de faiblesse et d'hésitation ; mais là n'est pas toute la politique de M. Marrast. La récompense inouïe qu'il a reçue, l'honneur de présider l'Assemblée nationale, est-ce donc là ce que la bourgeoisie aurait voulu lui offrir si

(1) Paris Révolutionnaire. — Page 362.

elle s'était doutée, si elle avait supposé que M. Marrast
eût *légitimé* à l'avance l'insurrection de juin ?

Nous avons dit *légitimé*; peut-être eût-il été plus vrai
de dire *glorifié !* Qu'on lise, et qu'on juge :

« Ils ne seront pas jugés ! Ils ne peuvent pas l'être !
» — Car ce n'est pas de la cour d'assises qu'ils sont
» justiciables. Ils le sont de l'histoire et de l'avenir.

» Dans le présent, cherchez des juges, c'est-à-dire
» des hommes entièrement exempts vis-à-vis d'eux de
» préjugés, de passions, d'intérêts privés ou publics,
» des hommes qui ne respirent pas l'atmosphère bru-
» lante qui nous dévore; des hommes qui ne seraient
» pas trempés plus ou moins de ces affections que fait
» naître la défaite ou qu'engendre la victoire.

» Cherchez des hommes qui ne soient amis ni du pou-
» voir ni du peuple, d'intelligence assez haute pour
» qu'ils comprennent ce qu'est le dévouement, le culte,
» la foi !

» Cherchez ceux qui auront assez de force, d'indé-
» pendance et de raison pour se dire en face de ces ac-
» cusés tout brûlants de patriotisme : « Ils sont là, vain-
» cus; mais vainqueurs, où seraient-ils ? »

» Est-ce donc la force qui décide seule en ce monde
» du crime ou de la vertu ?

» Si c'est la force seule, levez le glaive et frappez;
» mais ne parlez pas de justice !

» Que si vous voulez au contraire des intentions cri-
» minelles, fouillez dans ces âmes que le soupçon même
» ne peut atteindre.

» Ceux qui sont là et ceux qui y manquent, savez-
» vous quels ils sont ?

» Les mêmes dont vous avez accepté le cœur et les

» bras à la révolution de juillet ! Les mêmes qui furent
» alors, comme aujourd'hui, pleins d'intrépidité, d'au-
» dace, grands par le courage, plus grands encore par
» le désintéressement.

» Si la victoire les avait secondés, vous écririez leurs
» noms sur les tables d'airain du Panthéon.

» Mais être vaincu semble déjà un assez grand mal-
» heur ! Nous avons traversé tant de révolutions que
» c'est folie vraiment d'en faire un crime. L'histoire a
» des changements brusques, et la fortune est sujette
» aux plus étranges retours !

» Mais la loi !... Oh ! oui, elle est toujours pour le
» vainqueur : car c'est lui qui l'a faite. Mais la loi sup-
» pose le temps calme, les jours réguliers. La loi n'a
» rien à voir à la guerre. La loi règle des rapports en-
» tre les membres d'une même société. Elle suppose
» donc la société. Elle ne la fait pas. Elle n'a donc rien
» à dire pour des cas où la société elle-même est en ques-
» tion.

» Laissez donc la loi, et allez au fond des choses.

» Qu'y a-t-il dans ce procès ? Une insurrection. —
» Qu'y avait-il en juillet ? Une insurrection. — Quels
» étaient les acteurs alors ? Les hommes que la société
» actuelle repousse, renie, exclut, flétrit. — Quels sont-
» ils aujourd'hui ? Lisez leurs professions. C'est la même
» cause, le même intérêt, le même principe. — Qui
» provoqua juillet ? des ordonnances qui furent jugées
» contraires à la liberté. — Qui provoqua juin ? un sys-
» tème qui avait tué la Pologne, l'Italie, la Belgique,
» éloigné les patriotes, outragé et nié la révolution
» même d'où était sorti le gouvernement tout entier(1).

____

(1) « (Notez bien que je laisse de côté la provocation armée de Vidocq,

» Si donc vous voulez être de bonne foi, il y a aujour-
» d'hui ce qu'il y avait alors, une question politique,
» un duel entre deux opinions.

» Toute la différence, c'est que la victoire est là-bas,
» ici la défaite.

» Mais, dit-on, les ordonnances Charles X violaient
» la charte !

» Et qui donc, je vous prie, avait jugé la question ?
» Quel pouvoir avait parlé ? Le peuple seul s'est levé ;
» peu nombreux le premier jour, un peu plus nom-
» breux le second, vainqueur le troisième. Et alors ont
» paru les protestations, les encouragements, les com-
» missions de députés.

» La victoire seule les a fait naître.

» Savez-vous si cette fois la défaite seule n'a pas été
» cause que l'insurrection est restée isolée ?

» Si donc vous criez gloire à juillet, ne prétendez
» pas condamner juin.

» Je sais bien qu'on va disant qu'en juillet on com-
» battait pour les lois, et en juin contre. Beau discours
» de vainqueur.

» Ainsi aurait parlé Charles X, s'il n'eût pas été obligé
» de fuir vers Cherbourg. Lui aussi, et mieux que vous,
» il aurait démontré que l'article 14 était l'article con-
» servateur du pouvoir constituant dans la souverai-
» neté légitimiste ; il aurait prouvé que lorsqu'une dis-
» sidence s'élevait entre la couronne et la chambre, la
» couronne devait rester juge suprême, comme prin-
» cipe éternel de l'ordre et de la conservation des lois.

» Rien n'aurait manqué, croyez-le bien, à ce plai-

la provocation des dragons, etc.) » Cette parenthèse est dans le texte.

» doyer en faveur du despotisme, et appuyé sur une
» charte *émanée de la couronne.*

   » Qui a rendu ses arguments frivoles ? La victoire.

   » Qui a rendu les vôtres puissants ? La victoire.

   » Croyez-vous qu'elle aurait été plus ingrate pour les
» combattants du cloître Saint-Méry ?

   » Vous le voyez donc ; — il n'y a là que victoire ou
» défaite, c'est-à-dire, guerre d'opinion que le combat
» termine, mais où la justice ne doit pas entrer. Car il
» ne faut que jamais on l'accuse de se mêler aux luttes
» des passions, ou de servir d'instrument aux triom-
» phes des partis !

   » Puisque les jurés sont appelés à dire devant Dieu
» et devant les hommes si les accusés sont coupables,
» c'est-à-dire, s'il y a eu crime dans leur cœur, qu'ils
» lèvent donc la voix pour déclarer qu'il y a eu guerre
» après provocation ; guerre, défaite, malheur ! Mais
» crime ! mais assassinat ! non, jamais !

   » Et ne le savent-ils pas ? Le crime est toujours lâ-
» che ! le crime souille le front !

   » Qu'ils regardent donc s'il y eut jamais plus intré-
» pide fermeté, plus noble et plus héroïque bravoure,
» que celle de ces autres trois cents, devant lesquels
» toute une armée de soixante mille hommes fut tenue
» en échec durant deux jours !

   » Ici que ce ne soient par les vaincus qui prononcent
» dans leur cause. Que les vainqueurs soient seuls en-
» tendus ! Savaient-ils mourir sans reculer ceux qui
» manquent sur ces bancs de la cour d'assises ? Savaient-
» ils résister, jusqu'à ce que la dernière goutte de leur
» sang eût mouillé la pierre qu'ils venaient d'arracher ?
» Et encore ! que de traits obscurs, inconnus, que le

» souvenir seul des amis conservé ! Quelle nuit que
» celle du 5 au 6 juin ! Quelle histoire que celle de ces
» quelques hommes qui ont vécu pauvres, qui meurent
» obscurs, et qui après avoir passé trente, quarante
» heures sans autre nourriture que la fumée de la pou-
» dre, expirent frappés d'une balle, sans qu'un mor-
» ceau de pain dérobé, sans qu'une violence, au milieu
» du plus triste dénuement, vienne leur causer un re-
» mords, ou laisser la moindre ride sur leur con-
» science !

» Ah ! s'il y a sur notre terre de France des hommages
» pour le courage et de la sympathie pour le malheur,
» gloire à eux ! gloire à leurs tombeaux !

» Ils ne trouvèrent pas en nous un encouragement
» avant le combat ; ils ne nous verront pas les désavouer
» après la défaite.

» Quant à ceux qui restent, s'ils avaient eu affaire à
» un pouvoir généreux et grand comme le peuple, ce
» pouvoir, satisfait de sa victoire, les aurait laissés re-
» prendre leurs durs travaux. Il aurait dit comme ce
» général de l'antiquité, auquel on présentait quelques
» habitants d'une ville dont il avait fait le sac : « *Que*
» *me parlez-vous de prisonniers ! il n'y en a pas ; ils sont*
» *tous morts.* »

ARMAND MARRAST (1).

Nous n'avons rien voulu changer à ces pages brû-
lantes de patriotisme et de vérité. Tout est resté tel que
M. Marrast l'a publié, l'a écrit. Rien ne manque à ce
tableau.

____

(1) *Procès des vingt-deux accusés.* Paris, chez Rouanet, libraire. —
Pages 7, 8 et 9.

Voilà donc pour le jugement ; maintenant voici pour l'arrêt :

« L'opinion peut parler après la défense ; *elle est aussi*
» *juge de l'arrêt.....*

» Nous respectons la décision du jury ; mais pour-
» tant qu'aurait-il pu répondre si les accusés avaient
» nié sa compétence ?

» *Car enfin la loi, qui est toujours prête quand il faut*
» *frapper ces hommes du peuple, toujours menteuse quand*
» *elle parle de les protéger,* la loi ne leur promettait-elle
» pas qu'ils seraient jugés par leurs pairs ?

» Mais leurs pairs, quels sont-ils ? *Ce sont ces hommes*
» *qui travaillent, et chaque jour voit leur travail infécond !*
« Ce sont ces prolétaires répandus dans tous les ate-
» liers, dans les campagnes ou dans les villes, notam-
» ment les plus actifs de ce qu'on nomme civilisation,
» *hommes que vous retrouverez partout où il y a une fatigue*
» *à subir, exclus de partout où il y a un avantage à recueil-*
» *lir !* MALHEUREUX QUE LA NUIT N'ENDORT PAS, ET A QUI
» LE JOUR NE LAISSE PAS DE REPOS !

» Leurs pairs, ce sont aussi ces artistes qui ont de
» grandes pensées inutiles, des conceptions puissantes
» qui se consument dans le foyer qui les produit.

» Voilà par qui ces hommes auraient dû être ju-
» gés !... »
Et plus loin :
« Qui aurait osé condamner parmi ceux qui ont vu
» de près les misères du peuple ! Qui aurait pu flétrir
» parmi ceux qui réclament un état social qui ne soit
» pas sans pitié pour les plus malheureux et les plus
» pauvres !

» Vous vous étonnez qu'ils s'agitent au moindre

» bruit, qu'ils soient toujours prêts au moindre signe
» Et quel cas voulez-vous qu'ils fassent de cet *ordre* (1)
» que vous leur vantez et qui les tue ?

» Quand un cri de guerre se fait entendre, *où voulez-*
» *vous qu'ils se trouvent ? Parmi vos défenseurs, à vous, qui*
» *n'avez rien fait pour cela ? Rien !* Et eux vous ont tout
» donné ; en juillet, ils ont trempé votre couronne dans
» leur sang ; *ils ont appuyé votre pouvoir sur leurs cada-*
» *vres.*

» Vous leur avez trouvé du courage ! Fort bien ! mais
» *ne leur avez-vous rien promis ;* et, de bonne foi, *qu'avez-*
» *vous tenu ?* Oh ! sans doute, l'insurrection est une
» chance hasardeuse. Elle est un malheur, elle est un
» crime quand la victoire ne la suit pas. Et il faut bien
» le dire avec douleur en jetant un regard sur le passé :
» le peuple a presque toujours eu tort de prendre les
» armes, car la victoire lui profite peu.

» Mais qu'au moins ceux qui le tiennent dans son
» état d'ilotisme ne s'étonnent pas si, toujours déçu,
» il est toujours plein d'espérances pour un meilleur
» avenir.

» Faire la guerre à ses concitoyens est horrible ! La
» loi punit et doit punir ceux qui, les premiers, atta-
» quent sans justice, sans raison !

» Mais il faut y penser aussi, *il y a une guerre lente,*
» *sourde, dévorante, qui, chaque jour, fait ses ravages ;*
» *guerre désastreuse qui a la faim pour auxiliaire, et dont*
» *les morts ne sont pas comptés, car ils sont frappés à petit*
» *bruit, en mille endroits différents ; guerre qui a commencé*

---

(1) Ce mot *ordre* est souligné dans le texte même de M. Armand
Marrast. On voit que le mot n'est pas nouveau.

» *par l'usurpation, qui se continue par égoïsme, qui sème*
» *la douleur et le désespoir ; guerre affreuse, qu'une portion*
» *de la société fait incessamment à l'autre ; guerre d'autant*
» *plus cruelle, qu'on la nie, qu'on refuse de la calmer ou de*
» *l'éteindre...*

» Encore une insurrection vaincue et jugée ! ENCORE
» DES HOMMES DE CŒUR ENVOYÉS AU BAGNE !

» Combien donc faudra-t-il de ces affreux déchire-
» ments pour que le pouvoir soit averti ?...

» C'est ici, c'est en bas qu'il faut regarder. Vous
» cherchez du dévouement: appelez celui qui surabonde
» dans les cœurs ! Vous voulez des convictions : attachez-
» vous celles dont l'expression vous cause tant de sur-
» prise ! *Vous voulez être défendu : méritez donc de tels*
» *courages !*

» LE PEUPLE ! LE PEUPLE ! ALLEZ A LUI, SI VOUS VOULEZ
» QU'IL AILLE A VOUS !

» Oui, je respecte la conscience de ces juges ! *mais*
» *je plains bien ceux qui n'ont vu dans ce procès que des*
» *prévenus et des magistrats, tandis que la question sociale*
» *y était palpitante* (1). »

Après de telles et si éloquentes paroles, il y a lieu de
s'étonner non pas de l'attitude de M. Marrast après l'insurrection de juin 1848, mais encore de ses votes en
faveur des jugements devant les conseils de guerre, et
des transportations sans jugements.

Aucune réflexion n'est possible ; c'est à l'opinion
publique à se prononcer sur la loyauté et la moralité
politique de M. Armand Marrast.

____

(1) *Procès des vingt-deux accusés*, pages 135 et 136.

IV

Etat de siége.

!...... (1).

V

La Bourgeoisie.

On sait ce que M. Marrast pense des insurrections politiques et de la liberté de la presse, etc. Nous pourrions également citer de mémorables articles sur l'état de siége, si les paroles de M. Marrast n'étaient pas là condamnation de M. Cavaignac et de l'Assemblée nationale. Nous lui laissons la responsabilité de ses opinions, et nous la revendiquerons peut-être personnellement quand l'heure aura sonné.

Pourtant le Benjamin de la bourgeoisie a dû s'exprimer franchement sur le compte de sa nouvelle protectrice. Pourquoi le citoyen Armand Marrast serait-il moins ingrat à l'égard de la bourgeoisie qu'il ne l'est vis-à-vis de la presse ?

Écoutons-le donc :

« La bourgeoisie, ce n'est ni le cerveau qui pense, ni
» le cœur qui bat, ni les nerfs qui s'agitent ; c'est la
» partie charnue du corps social, inerte et passive, et
» qui reçoit cependant le plus net de sa substance.

» La bourgeoisie ne sera jamais révolutionnaire
» qu'indirectement : elle profite des progrès des peu-

(1) Voir tous les numéros de la *Tribune*, du 5 juin au 15 juin 1832. On ne peut plus citer ici, bien que l'état de siége soit levé. Il faut toujours se défier du sabre et des razzias importées d'Afrique en France.

» ples, elle ne les fait pas. Sa force est acquise d'avance
» à la victoire, à moins que le vainqueur ne devienne
» brutal à son égard, et qu'il ne l'inquiète dans sa pai-
» sible existence.

» La devise de la bourgeoisie, ce n'est pas l'*ordre* (1) ;
» elle ne comprend pas ce mot : c'est le repos... A elle
» seule il faut appliquer la devise de Juvénal faite pour
» le peuple corrompu de Rome : car elle ne veut le
» repos qu'avec une certaine somme de libertés dont
» elle jouit, et qu'elle n'a pas conquises ; une certaine
» escorte de plaisirs, de spectacles, de distractions, de
» jouissances matérielles et morales, fruits d'une civi-
» lisation dont elle profite alors même qu'elle lutte
» contre la pensée artiste qui la crée, contre le travail
» qui la féconde (2). »

Voulez-vous savoir quels sont les actes de cette bourgeoisie d'après M. Marrast lui-même, son Benjamin
bien-aimé :

« Comptez, dit-il, si vous l'osez, depuis Philippe le
» Bel jusqu'à nos jours, les désastres que la bourgeoisie a
» faits autour d'elle. Ce n'est pas le peuple, c'est le tiers-
» état, qui doit être responsable des malheurs de notre
» première révolution. C'est la bourgeoisie qui a se-
» condé la réaction de l'an III, comme elle avait se-
» condé l'action du comité de salut public. — C'est elle
» qui composait partout les comités de surveillance,
» et c'est dans ses maisons que la jeunesse dorée trou-
» vait un asile. — C'est elle qui a salué l'ambition du
» premier consul, encensé l'empire et trahi l'empereur ;

(1) Ce mot est encore souligné par M. Armand Marrast lui-même.
(2) *Vingt jours de secret*, ou *le Complot d'avril*, par Armand Marrast,
— 4ª édition, pages 40 et 41.

» c'est elle qui a reçu les Bourbons avec des transports
» d'enthousiasme, et qui a laissé souiller le sol français,
» en répétant à grands cris : *Vive le Russe ! vive l'Anglais !*
» — C'est elle, elle seule, qui a trouvé un profit dans
» l'invasion, heureuse de rançonner en même temps le
» consommateur indigène et le consommateur étran-
» ger. — C'est elle qui, dans le Midi, a pris part aux
» cours prévôtales. — C'est elle qui a fourni la plupart
» des généraux de la restauration, coupables de tant de
» violences et de tant de crimes. — C'est elle qui a pro-
» duit toute cette magistrature qui a fait de la justice
» une auxiliaire de la police, de la chose la plus sainte
» l'instrument le plus vil. — C'est elle qui, troublée
» ensuite dans ses intérêts égoïstes et se voyant peu à
» peu fermer la porte de la fortune et des honneurs, a
» demandé secours au peuple. — C'est elle enfin qui,
» exploitant la victoire des prolétaires, s'est substituée
» aux priviléges qu'elle avait condamnés. — C'est elle
» qui a rivé les chaînes qu'elle avait voulu briser. —
» C'est elle qui a consacré au milieu d'une société mo-
» bile et bouillonnante un monopole électoral de cent
» cinquante mille hommes. — C'est elle qui, depuis
» quatre ans, encourage et protége tous les envahisse-
» ments de la royauté. — C'est elle qui s'est laissé im-
» poser une liste civile énorme, des budgets ruineux ;
» elle voit chaque année le déficit creuser de plus en
» plus le gouffre du trésor public ; elle connaît les dila-
» pidations publiques et privées ; elle apprend avec in-
» différence des marchés scandaleux ; elle sait que ceux
» qui l'amusent par des vaisseaux de papier gagnent
» 25,000 francs sur une seule pièce d'artifice ; elle voit
» qu'on lui donne pour ministres des gens dont elle ne

» voudrait pas pour commis; elle entend qu'on lui pré-
»'pare toute une organisation aristocratique, qu'on la
» menace de lui enlever une à une les plus précieuses
» garanties, que c'est sur elle que retombent les mal-
» heurs de la guerre civile, qu'on brûle ses maisons et
» qu'on refuse ensuite de venir à son aide, qu'on la
» gourmande même de sa poltronnerie, et qu'on exige,
» alors qu'elle paye tant d'argent pour être défendue et
» gouvernée, qu'elle vienne encore elle-même se gou-
» verner et se défendre.....

» ......

» ..... LA BOURGEOISIE A PEUR !... *le pouvoir
exploite ses vertiges* (1).

Maintenant, que l'on s'étonne si M. Armand Marrast
n'a pas présidé la séance de l'Assemblée nationale, le
jour où M. Denjoy, ce fougueux et courageux neveu de
M. de Salvandy, cet illustre sous-préfet de la façon de
M. Duchâtel, interpella le gouvernement sur les banquets de Toulouse et de Bourges ?

Il eût été impossible de trouver dans les toasts incri-
minés par M. Denjoy plus d'injures accumulées contre
la bourgeoisie. Dans les lignes que nous avons citées,
jamais M. Denjoy n'aurait pu voir autre chose que ce
double reproche de *lâcheté* et d'*ingratitude* si vivement,
si énergiquement repoussé par l'orateur de la dynastie
déchue.

VI

Assez de citations ! l'homme est dévoilé par lui-
même ; il s'est révélé ce qu'il est, hypocrite et ambi-
tieux : il est JUGÉ !

(1) *Vingt jours de secret*, pages 37, 38, 39 et 40.

Et vous, citoyens de toute opinion, appuyez-vous sur le concours de cet illustre journaliste, tuant la presse, caressant la bourgeoisie qu'il a polluée, reniant les principes qu'il a professés, persécutant les hommes sur lesquels il a marché pour monter aux honneurs. Rappelez-vous seulement que certains hommes font plus de mal à la cause qu'ils défendent qu'ils ne peuvent lui apporter de force.

Rappelez-vous surtout que la brebis galeuse est chassée du troupeau par le berger intelligent.

Le peuple connaît ses amis, il saura les protéger, comme, dans sa juste colère, il saura frapper ses ennemis.

Si M. Marrast a été si éloquent dans la parole, si brillant dans la forme, si profond dans la pensée, c'est que chaque parole était l'expression de la vérité, et chaque pensée la consécration d'un principe. Abandonnez votre conviction et trahissez votre opinion, vous ne serez plus que faible et indécis, sans autorité ni influence, vous n'inspirerez plus que le dédain, si même vos anciens frères d'armes ne vous renient absolument comme ils l'ont fait depuis longtemps pour M. Marrast.

CONCLUSION.

Sa crinière est plus hérissée que d'habitude, mais il y a plus d'art dans la disposition, et l'on voit clairement que le coiffeur y a prodigué les soins les plus intelligents ; seulement, les cheveux blanchissent, les rides se creusent, le visage s'allonge.

Quel malheur que la République ait aboli les titres et les hochets frivoles de la vanité! Peut-être aurions-nous un citoyen *Marquis des Water-Closets !*

Savez-vous, en effet, à quoi s'occupe M. Marrast? Plus difficile ou plus prétentieux que les Ravez de la restauration ou les Sauzet de la branche cadette, le nouveau président ne passe pas de la chambre à coucher dans le salon sans qu'un valet de chambre ou de pied ne lui ouvre *royalement* les deux battants de la porte. Si M. Marrast sort, il faut que les cinq portes soient de même ouvertes dans leur plus grande largeur, que les laquais se tiennent le képi à la main, et que les factionnaires eux-mêmes, factionnaires de la ligne ou de la garde nationale, lui présentent les armes. Pendez-vous, monsieur Ravez, et vous, monsieur Sauzet! dans vos restaurations monarchiques vous n'aviez pas encore inventé la discipline du salut militaire à l'usage de l'habit noir !

A table, il faut suivre exactement les us et coutumes de l'aristocratique Albion, et si quelque valet oublie la consigne sévère, M. Marrast se plaint de n'avoir jamais été aussi mal servi que depuis qu'il loge à l'hôtel de la présidence.

C'en est au point que l'huissier favori de M. Marrast, élevé à bonne école pourtant, à l'école de feu M. d'Orléans, est sur les dents et n'a jamais trouvé d'exigence pareille à celle de l'ancien rédacteur en chef du *National,* et qu'il s'en plaint à qui veut l'entendre.

Pauvre valet ! pauvre nègre de la race blanche!

S'il n'y avait que du ridicule dans les prétentions du grand citoyen qui passe ses heures de loisir à chanter ou à danser, en faisant payer à son pays les violons du bal ou les glaces du restaurateur? Mais non, l'odieux le dispute au ridicule.

Lisons :

I.

« Les salons de M. Armand Marrast se sont ouverts
» hier à une foule nombreuse. Un double attrait atti-
» rait dans les somptueux appartements de la prési-
» dence : les lettres d'invitation portaient qu'un con-
» cert précéderait le bal, et le monde élégant trouve
» maintenant trop peu d'occasions de se livrer au plai-
» sir pour bouder longtemps un amphitryon aussi soi-
» gneux de ses fêtes que M. Marrast. Les arts, la lit-
» térature, la *noblesse*, avaient envoyé à la fête du pré-
» sident un contingent considérable. » *(Estafette.)*

« Le dernier départ de transportés a donné lieu à
» un épisode déchirant qui nous a été raconté par un
» témoin oculaire, et que nous reproduisons ici :

» Pierre B*** fut arrêté quelques jours après les évé-
» nements de juin et écroué avec plusieurs de ses com-
» pagnons d'infortune dans les casemates du fort d'I-
» vry. B*** était marié depuis peu de temps, et sa mal-
» heureuse jeune femme, incapable, par suite d'une
» grossesse avancée, de se livrer à un travail lucratif,
» voyait chaque jour s'avancer avec effroi le terme où
» son mari allait être séparé d'elle peut-être pour tou-
» jours. Les douleurs physiques d'un accouchement
» prématuré ajoutaient encore au désespoir où la jetait
» l'idée d'une séparation éternelle. La malheureuse ap-
» prit par la femme d'un des détenus qu'un départ pro-
» chain allait avoir lieu ; elle mit tout en œuvre pour
» savoir si son mari devait en faire partie ; mais ses ef-
» forts furent vains, et elle ne put rien apprendre.

» A peine remise des fatigues d'une couche dange-
» reuse, elle dépose entre les mains d'une amie l'en-
» fant à qui elle vient de donner le jour. Elle rassemble
» les meubles modestes qui garnissent sa chambre, et
» parvient à se procurer une somme de soixante-dix
» francs. Après avoir pris des renseignements sur le
» lieu où les détenus sont embarqués, et après des fati-
» gues sans nombre, elle arrive à pied à Rouen, où elle
» prend le chemin de fer jusqu'au Havre. Arrivée dans
» cette ville, la pauvre femme loue une chambre des fe-
» nêtres de laquelle elle peut porter la vue sur le lieu
» d'embarquement des déportés. Trois jours se passent
» sans que son espoir se réalise ; enfin, le matin du
» quatrième, une foule inusitée couvre les quais ; une
» force armée considérable protége de ses baïonnettes
» une autre foule ; mais celle-ci marche à pas lents et
» la tête baissée ; il n'est pas un de ceux qui la compo-
» sent sur les joues duquel ne glissent des larmes
» bien amères.

» Au milieu de cette nombreuse assemblée qui re-
» garde en silence et le cœur ému ces hommes qui,
» pour la dernière fois, foulent le sol français, éclate
» tout à coup un cri déchirant auquel succède un éclat
» de rire saccadé. La malheureuse femme B*** vient
» d'apercevoir son mari ; elle traverse avec impétuosité
» le triple rang de soldats qui la sépare de lui, et vient
» tomber à ses pieds. On s'empresse autour d'elle, on
» lui prodigue des secours ; mais on s'aperçoit bientôt,
» à son regard égaré et au rire navrant qu'elle ne cesse
» de faire entendre, que la malheureuse est devenue
» folle. »   (*Courrier Français*.)

Et M. Marrast dansait avec madame de Lamoricière!

II.

« Le concert était précédé d'un dîner. On vante la re-
» cherche de la table de la présidence. Le soir, le succès
» du concert a été pour madame Ugalde, la nouvelle
» Cinti-Damoreau de l'Opéra-Comique, et pour ma-
» dame Widemann, qu'on a entendue une fois à l'O-
» péra. »   (*Constitutionnel.*)

« Il y a quelques jours, à la tombée de la nuit, des
» ouvriers qui revenaient de leurs travaux remarquè-
» rent un homme, jeune encore, au pied d'un arbre,
» non loin de l'avenue qui s'étend le long de la rue
» Saint-Dominique. Ils s'approchèrent de cet individu,
» dont les vêtements dénotaient une opulence passée,
» et dont le visage portait les traces de récentes dou-
» leurs. Un instrument de musique gisait à ses pieds.
» Ils interrogèrent ce jeune homme, et ils apprirent
» que la misère et la faim l'avaient réduit à la pénible
» nécessité de recourir à la charité publique ; il leur
» avoua, les larmes aux yeux, que, depuis la veille, il
» n'avait pas mangé, et qu'il ne lui restait, pour toute
» richesse, que son violon. Nos braves ouvriers emme-
» nèrent l'artiste dans leur garni, et, après l'avoir mis
» à même de calmer sa faim, ils lui proposèrent de lui
» faire avoir de l'ouvrage. Le jeune homme accepta
» avec empressement, et le lendemain il fut présenté à
» l'entrepreneur chez qui étaient employés ses nou-
» veaux amis.

» Le nom du courageux artiste que nous ne pouvons
» dévoiler est connu d'une grande partie du beau
» monde parisien, et a souvent retenti dans la presse.
» Si ceux qui l'ont connu avant ses revers avaient l'oc-

» casion de visiter un atelier de la rue Popincourt, ils
» seraient fort étonnés de voir celui dont le talent leur
» a procuré de si doux plaisirs manier avec une adresse
» et un courage admirables les lourds outils du me-
» nuisier. »   (*Bien Public.*)

Et M. Marrast dansait avec madame *de* Lamoricière !

III

« Après l'épuisement de tous les morceaux qui for-
» maient le programme du concert, M. Armand Mar-
» rast a ouvert le bal avec madame de Lamoricière. Les
» danses se sont prolongées jusqu'à trois heures du ma-
» tin, et les nombreux assistants ont laissé M. Marrast
» se préparer par un repos nécessaire à la séance d'au-
» jourd'hui. »   (*Le Journal.*)

« Entre midi et une heure, au moment où les mem-
» bres de l'Assemblée nationale, d'une part, et les cu-
» rieux de l'autre, se rendaient en grand nombre à
» l'ancien palais Bourbon, un jeune homme, nommé
» Louis Derêche, s'est précipité dans la Seine du haut
» du pont National. Plusieurs barques des bains de l'é-
» cole de natation ou du bateau à lessive, amarrés en
» amont de l'école de natation et du pont, se sont aus-
» sitôt mises à l'eau pour le secourir; mais, plus prompt
» ou plus hardi, un pêcheur, que nous avons appris
» plus tard se nommer Pierre Jourdain, s'était déjà
» précipité à la nage, avait saisi le jeune Derêche au
» moment où il allait disparaître, et le ramenait sans
» connaissance sur la berge, où de prompts secours
» l'ont rappelé à la vie. Le commissaire de police du

» quartier du faubourg Saint-Germain, après avoir
» dressé un procès verbal de sauvetage, a procédé à
» l'interrogatoire du sieur Derêche, qui n'a donné
» d'autre raison de sa tentative de suicide que l'état
» de misère où il se trouvait réduit. »

(Gazette des Tribunaux.)

Et M. Marrast dansait avec madame de Lamoricière !

IV

« La rue de Poitiers a payé la première partie de sa
» dette au gouvernement de la conciliation ; elle a
» maintenu M. Marrast à la présidence de l'Assemblée.
» Quelle victoire pour le commerce, pour les modistes
» et les marabouts ! Car, vous le savez, citoyens mo-
» roses, la république athénienne danse à ravir, et
» c'est à coups d'archet qu'elle travaille à relever le
» crédit et les affaires.

» O Terpsichore parlementaire, je te dédierai mon
» premier chant ! Tu n'es pas sombre et farouche, toi,
» comme cette rude cantinière qu'on appelait jadis la
» Révolution, et qui défendait la France à la baïon-
» nette ; coquette et gracieuse comme une vieille fille
» fardée, tu roucoules et tu danses quand Messine
» brûle, quand l'Italie se traîne dans le sang, et que
» la vieille Allemagne est tout entière debout entre les
» torches et les colères.

» Dansons, dansons, c'est l'heure du menuet et des
» cantilènes ! »

(Réforme.)

www.ingramcontent.com/pod-product-compliance
Ingram Content Group UK Ltd.
Pitfield, Milton Keynes, MK11 3LW, UK
UKHW021622130726
13696UKWH00005B/2015